D'après les films

Harry Potter™

LES MYSTÈRES DE POUDLARD

par Jody Revenson

Illustrations du Studio Muti

GALLIMARD JEUNESSE

SOMMAIRE

Cher lecteur,

Nous avons le plaisir de vous inviter à visiter l'école de sorcellerie de Poudlard.

De ses plus hautes tours à ses cachots les plus profonds, vous allez retrouver dans ces pages le château que vous avez découvert à l'écran. Vous allez rencontrer l'ensemble des professeurs, y compris ceux que vous redoutez, dans leurs salles de cours et leurs bureaux, et pousser les portes des pièces secrètes que sont la Salle sur Demande et la Chambre des Secrets. Vous allez vous aventurer dans la Forêt interdite avec Harry et Rubeus Hagrid, le garde-chasse, à la rencontre des centaures, des Sombrals et d'une Acromantule aussi grosse qu'un éléphant !

Vous allez découvrir les coulisses de vos scènes favorites et notamment les trésors d'ingéniosité déployés par l'équipe des films pour animer à l'écran cette vénérable bâtisse vieille de mille ans qu'est Poudlard. Même si vous avez déja vu les films des dizaines de fois, nul doute que certains détails vous auront échappé !

Alors, comme le dit Hagrid dans *Harry Potter à l'école des sorciers*: « Maintenant, direction les barques ! Suivez-moi ! »

HOGWARTS SCHOOL of WITCHCRAFT & WIZARDRY
Headmaster: Albus Dumbledore, D.Wiz., X.J.(sorc.), S.of Mag.Q.

BIENVENUE À POUDLARD!

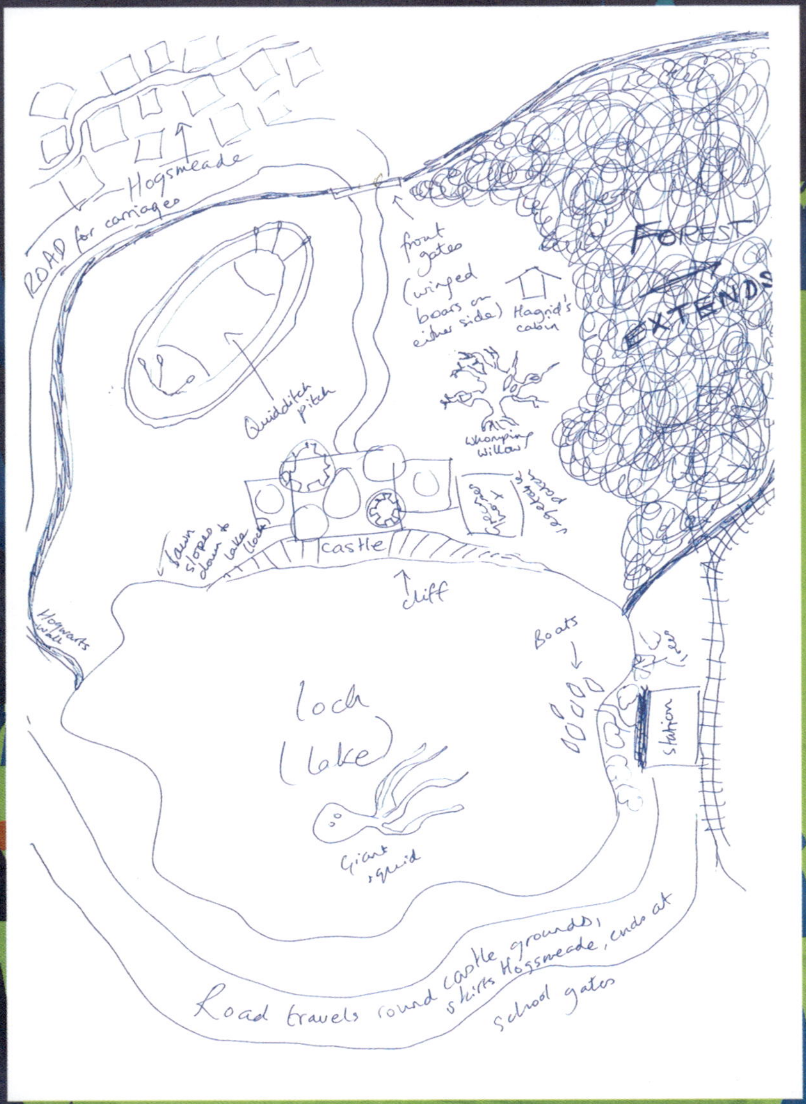

Quand il s'est vu confier la – lourde – tâche de concevoir les décors des films *Harry Potter*, Stuart Craig est allé voir J. K. Rowling, la créatrice du Monde des sorciers, avec une liste de questions sur Poudlard et ses environs – la Forêt interdite, le lac, le saule cogneur... Celle-ci lui a aussitôt dessiné une carte indiquant l'emplacement du château, du terrain de Quidditch et même du chemin emprunté par les élèves pour rejoindre l'école depuis la gare de Pré-au-Lard. Le chef décorateur a punaisé ce croquis au-dessus de sa table à dessin et n'a eu de cesse de s'y référer pendant les dix années qu'ont duré les tournages.

Gare de Pré-au-Lard
Lac de Poudlard

LE CHÂTEAU DE POUDLARD, 1RE PARTIE

Dans *Harry Potter à l'école des sorciers*, les élèves de première année découvrent le château de Poudlard depuis le **lac**, qu'ils traversent en barque.

De nombreuses scènes de *Harry Potter à l'école des sorciers* et de *Harry Potter et la Chambre des Secrets* ont été tournées dans les lieux qui ont inspiré Poudlard. Ils ont ensuite été recréés en studio, ce qui a permis à Stuart Craig de remanier l'architecture du bâtiment : le chef décorateur s'est dit que le public ne verrait aucun inconvénient à ce qu'un château magique évolue dans le temps !

Dans *Harry Potter et la Chambre des Secrets*, la salle du cours de défense contre les forces du Mal et le bureau d'Albus Dumbledore ont été situés dans des tours qui faisaient déjà partie de la silhouette de Poudlard dans le premier film.

Un frêle **pont** couvert, entièrement fait de bois, relie la cour à un cromlech, un cercle de pierres levées. Depuis ses arches gothiques, caractérisées par des motifs en trèfle, s'ouvre un vaste panorama sur la vallée.

Le bureau du directeur se trouve au sommet de la plus haute tour du château, dans 3 **tourelles** en encorbellement. Pour Stuart Craig, c'est forcément là que le directeur se serait installé.

L'école de sorcellerie de Poudlard étant une institution vieille de mille ans, Stuart Craig s'est inspiré pour le château des grandes universités et cathédrales britanniques de la même époque. Il a pensé que si les tours et les salles paraissaient familières au public, et non tirées d'un conte de fées, la magie semblerait encore plus réelle.

Le thème du temps servant de fil rouge à *Harry Potter et le Prisonnier d'Azkaban*, une haute tour couronnée d'une **horloge** a été ajoutée à l'arrière du château. Son pendule oscille au-dessus d'un passage menant à une petite cour.

Le réalisateur Alfonso Cuáron souhaitant relier les lieux clés de l'intrigue, le plan de Poudlard a été fortement remanié pour *Harry Potter et le Prisonnier d'Akzaban*. Des tours et de nouvelles salles de classe ont été créées pour servir de décor aux nouveaux éléments de l'histoire, et la cabane de Hagrid a été éloignée du château.

LE SAVIEZ-VOUS?

Au centre de la nouvelle **cour** s'élève une fontaine ornée d'aigles et de serpents – un clin d'œil au pays d'origine de Cuáron, ces animaux figurant sur le blason du Mexique.

Une étroite tour a été rajoutée pour enfermer **Sirius Black**, le parrain de Harry, après sa capture à Poudlard. Hermione fait exploser la porte grillagée qui en bloque l'accès en lançant *Bombarda* !

Les serres du cours de botanique, font leur apparition dans *Harry Potter et la Chambre des Secrets*. Elles s'inspirent d'une **serre en verre** de l'époque victorienne.

LE CHÂTEAU DE POUDLARD, 2de PARTIE

Au fil de la saga, de nouvelles tours apparaissent, d'autres disparaissent. Les portes d'entrée sont élargies, les alentours du château réorganisés. Stuart Craig aurait aimé pouvoir lire les sept romans avant le tournage du premier film… tout en avouant que ces multiples variations ajoutent de l'intérêt aux films.

Une **volière** est venue enrichir les décors de *Harry Potter et la Coupe de Feu*. Située à l'écart du château, sur un grand rocher, elle consiste en une haute tour cylindrique bardée de fenêtres. Son architecture est un mélange entre les pigeonniers à la française et les imposantes demeures britanniques.

Après la mort de Dumbledore dans *Harry Potter et le Prince de Sang-Mêlé*, Harry se retrouve en possession du **médaillon de Serpentard** et tente de l'ouvrir au sommet de la tour d'astronomie avec Hermione… mais il s'agit d'un faux : le véritable Horcruxe a disparu.

Le plus gros changement apporté à Poudlard dans *Harry Potter et le Prince de Sang-Mêlé* a été l'ajout de la **tour d'astronomie**. Elle remplace la tour de défense contre les forces du Mal et devient la plus haute du château.

Dans *Harry Potter et les Reliques de la Mort, 2de partie*, Voldemort et son serpent Nagini affrontent Severus Rogue dans un hangar à bateaux, d'inspiration gothique, créé pour le film. Ses hautes fenêtres reflètent l'incendie qui fait rage au château.

LE SAVIEZ-VOUS ?

Dans *Harry Potter et l'Ordre du Phénix*, Poudlard a subi peu de transformations à l'exception de quelques variations essentiellement esthétiques – des tourelles ont été rehaussées et ajoutées sur la tour centrale et sur la tour de l'Horloge. Cette dernière ainsi que la cour attenante ont été déplacées de l'autre côté du château.

Le bal de Noël

Pour le bal de Noël du Tournoi des Trois Sorciers, dans *Harry Potter et la Coupe de Feu*, la porte de la Grande Salle a dû être abaissée au niveau du sol pour faciliter l'arrivée des élèves en carrosse. La porte filmée durant le tournage des premiers films était celle du collège de Christ Church, à l'université d'Oxford, mais elle était trop petite et a donc été recréée en studio.

Le portail d'entrée de Poudlard apparaît dans *Harry Potter et le Prince de Sang-Mêlé*, flanqué de deux énormes sangliers. Il s'agit d'une référence au nom anglais de l'école, Hogwarts – « *hog* » signifiant « porc ». Voldemort étant officiellement de retour, Argus Rusard utilise sur les élèves un **Capteur de Dissimulation** pour détecter toute trace de magie noire.

En franchissant le portail, Luna Lovegood répare le nez cassé de Harry avec ***Episkey***.

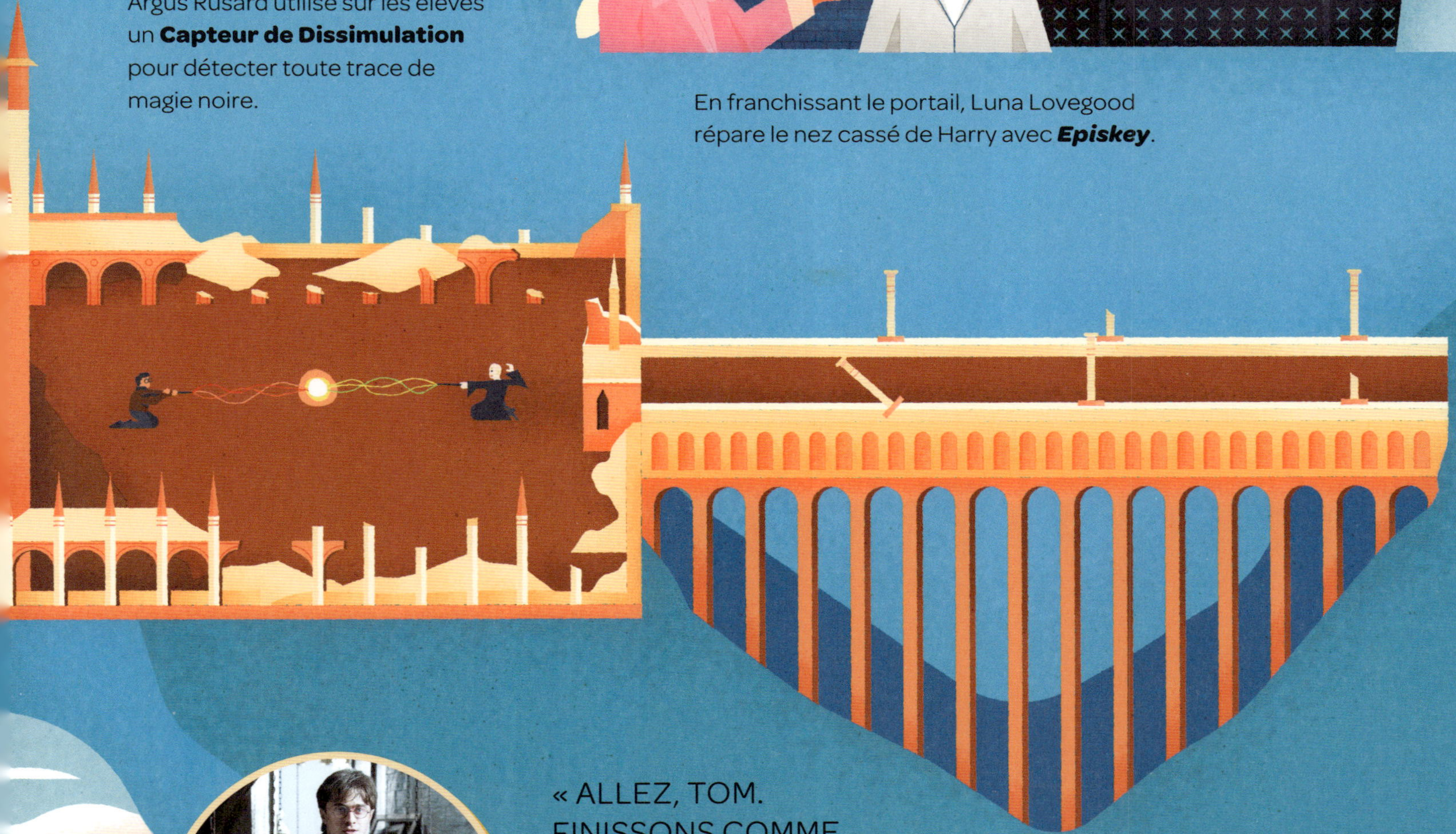

« ALLEZ, TOM.
FINISSONS COMME
NOUS AVONS COMMENCÉ. »

Harry Potter,
Harry Potter et les Reliques de la Mort, 2de partie

Un large viaduc de pierre a été rajouté au château dans *Harry Potter et les Reliques de la Mort, 2de partie*. Il mène directement à l'entrée de la cour, elle-même élargie pour accueillir la Bataille de Poudlard et le duel final entre Harry et Voldemort.

ESCALIERS MOUVANTS ET TABLEAUX PARLANTS

Au cœur du château s'élèvent à perte de vue d'innombrables escaliers permettant d'accéder à un nombre vertigineux de paliers. Les escaliers se déplacent et changent de direction de façon souvent inattendue, offrant ainsi l'opportunité de visiter des étages d'ordinaire défendus.

« MÉFIEZ-VOUS DES ESCALIERS. ILS N'EN FONT QU'À LEUR TÊTE. »

Percy Weasley,
Harry Potter à l'école des sorciers

Dans *Harry Potter à l'école des sorciers*, Harry, Ron et Hermione empruntent un escalier qui les amène au couloir du troisième étage, formellement interdit aux élèves.

Avant toute chose, le chef décorateur Stuart Craig a dû imaginer la façon dont bougent les escaliers. Il a d'abord pensé à des sortes d'escalators avant d'avoir l'idée de faire pivoter chaque volée de marches à angle droit. Ainsi, un escalier placé contre un mur peut devenir une passerelle vers le mur opposé. Les entrelacements de l'**escalier principal**, créé sur ordinateur, forment une double-hélice.

LE SAVIEZ-VOUS ?
350 portraits ornent les murs de Poudlard, dont 200 sur les murs du grand escalier central. Si la plupart sont statiques, beaucoup interagissent avec les élèves.

Dans *Harry Potter et le Prisonnier d'Azkaban*, le prisonnier évadé – Sirius Black – tente de pénétrer dans la salle commune de Gryffondor. Apeurés, les portraits fuient de cadre en cadre, même la **Grosse Dame** qui trouve refuge dans le tableau d'un petit hippopotame. Créer ce mouvement de fuite s'est avéré complexe, les échelles des œuvres étant très diverses.

Pour les tableaux statiques, les costumiers, les accessoiristes, les graphistes et les décorateurs ont fabriqué des scènes qui ont ensuite été photographiées puis peintes à la main. Des craquelures ont été ajoutées à l'ordinateur pour imiter les vieilles peintures à l'huile.

Dans *Harry Potter et l'Ordre du Phénix*, Dolores Ombrage, qui a pris la tête de Poudlard, ordonne au concierge **Argus Rusard** de décrocher les portraits des murs.

Pour *Harry Potter et les Reliques de la Mort, 2de partie*, les tableaux ont été recréés avec seulement les arrière-plans, les sujets étant partis se mettre à l'abri de la bataille.

Pour les scènes dans lesquelles les portraits parlent ou bougent, des fonds verts ont été tendus dans les cadres. Puis les infographistes ont scanné les arrière-plans des tableaux et y ont ajouté les images animées, obtenues en filmant les acteurs devant un fond vert.

LA SALLE COMMUNE ET LE DORTOIR DES GARÇONS DE GRYFFONDOR

« LE MOT DE PASSE ? »

La Grosse Dame,
Harry Potter à l'école des sorciers

L'accès à la tour de Gryffondor est gardé par le portrait de la Grosse Dame, qui exige un mot de passe : « *Caput Draconis* », dans *Harry Potter à l'école des sorciers*.

Quand les garçons se retrouvent à la rentrée, dans *Harry Potter et le Prisonnier d'Azkaban*, ils partagent des bonbons aux effets sonores : Ron rugit comme un lion, Neville barrit comme un éléphant et Harry produit le son d'un sifflet de train – de la fumée sort même de ses oreilles !

Si les acteurs qui incarnent les élèves de Gryffondor ont grandi au fil des ans, les lits sont restés les mêmes !

Dans *Harry Potter et le Prisonnier d'Azkaban*, le portrait de la Grosse Dame et le mot de passe changent : il faut désormais prononcer « *Fortuna Major* ».

Dans *Harry Potter et l'Ordre du Phénix*, une radio sans fil diffuse dans la pièce les actualités du monde magique. En haut de la grille de l'appareil figure une bouche créée par le département des effets spéciaux, qui bouge au rythme des paroles.

Les accessoiristes ont imaginé pour chaque film de nouvelles petites annonces (clubs, objets trouvés, tutorats…) punaisées sur le tableau d'affichage. Une reproduction numérique de *La Dame à la licorne*, une tapisserie rouge et or du XVe siècle, orne la pièce.

À sa grande consternation, Ron doit porter un vieux costume de famille pour le bal : « Je ressemble à ma grand-tante Tessie ! »

Dans *Harry Potter et la Coupe de Feu*, Neville Londubat enchaîne les pas de valse dans le dortoir : il s'entraîne pour le bal de Noël !

« POURQUOI ELLES SONT TOUJOURS EN MEUTE ? COMMENT ON FAIT POUR EN INVITER UNE AU BAL ? »

Harry Potter,
Harry Potter et la Coupe de Feu

LE SAVIEZ-VOUS ?
À droite du colimaçon menant au dortoir des garçons figure un portrait de leur professeur de métamorphose et directrice de Gryffondor, **Minerva McGonagall**... jeune.

Les élèves de Gryffondor disposent dans leur salle commune de fauteuils et de canapés confortables, d'en-cas, de jeux et d'une immense cheminée. Dans *Harry Potter et la Coupe de Feu*, Harry discute avec Sirius, son parrain, à travers les braises d'un feu quasi éteint. Dans *Harry Potter et l'Ordre du Phénix*, le visage de Sirius réapparaît dans les flammes dansantes.

« WEASLEY ! WEASLEY ! WEASLEY ! »

Les Gryffondor,
Harry Potter et l'Ordre du Phénix

Dans *Harry Potter à l'école des sorciers*, caché sous sa **cape d'invisibilité**, Harry se faufile dans la réserve de la bibliothèque pour se renseigner sur Nicolas Flamel. Il s'agit du seul sorcier à avoir fabriqué une Pierre philosophale, source d'immortalité.

LA BIBLIOTHÈQUE

La bibliothèque regorge de livres dédiés aux animaux fantastiques, aux sortilèges de défense, aux grands sorciers, aux plantes médicinales et à l'histoire de la magie. Les élèves viennent y faire leurs devoirs au calme... ou se documenter sur des sujets auxquels ils ne sont pas censés s'intéresser.

Les scènes de la réserve, dans *Harry Potter à l'école des sorciers,* ont été tournées à la Duk Humfrey's Library de l'université d'Oxford, où les livres rares sont enchaînés aux étagères.

LE SAVIEZ-VOUS ?

Dans *Harry Potter et la Chambre des Secrets*, Harry, Ron et Hermione cherchent à identifier l'héritier de Serpentard après que plusieurs élèves, mais aussi le chat de Rusard, ont été pétrifiés. À la bibliothèque, Hermione découvre dans ***Les Potions de grands pouvoirs*** comment préparer du Polynectar. Cette potion permet à Harry et Ron de prendre l'apparence de Crabbe et Goyle afin d'espionner Drago Malefoy dans la salle commune des Serpentard.

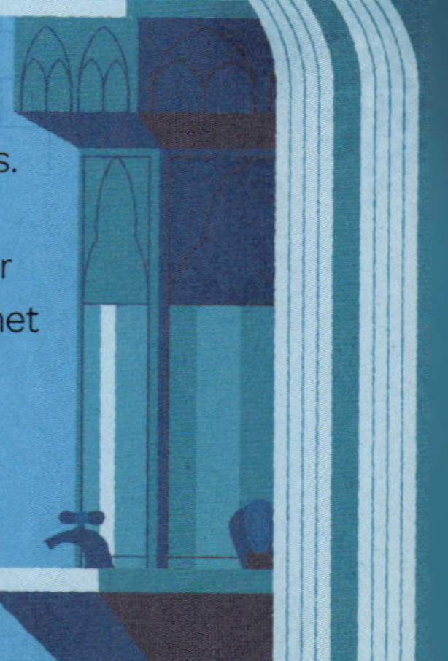

Dans *Harry Potter et la Coupe de Feu*, Harry, Ron et Hermione cherchent le moyen de réussir la deuxième tâche du Tournoi des Trois Sorciers, qui doit se dérouler dans les profondeurs du lac. Neville Londubat propose d'utiliser de la **Branchiflore**, dont il a découvert l'existence dans un manuel de botanique.

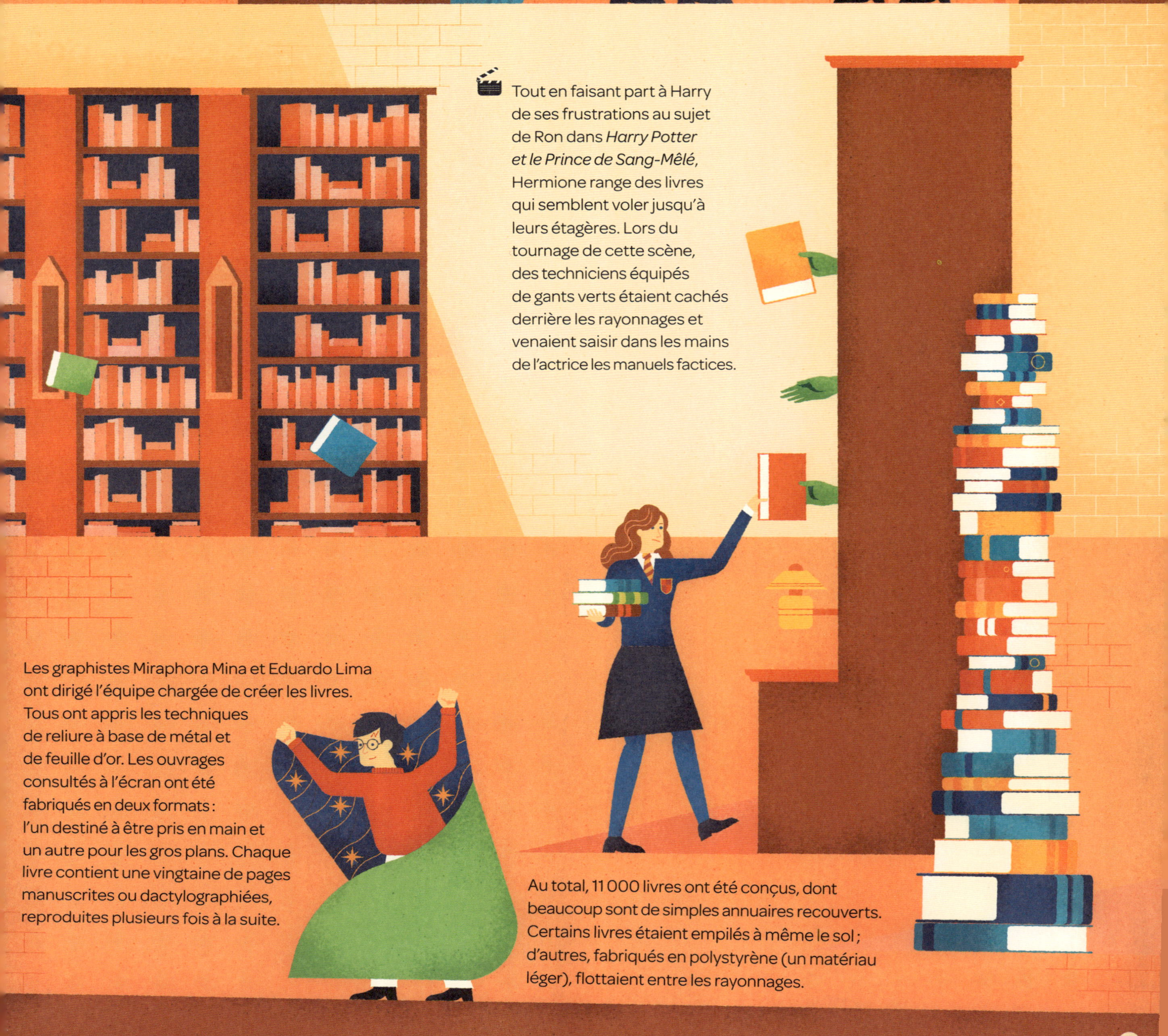

Tout en faisant part à Harry de ses frustrations au sujet de Ron dans *Harry Potter et le Prince de Sang-Mêlé*, Hermione range des livres qui semblent voler jusqu'à leurs étagères. Lors du tournage de cette scène, des techniciens équipés de gants verts étaient cachés derrière les rayonnages et venaient saisir dans les mains de l'actrice les manuels factices.

Les graphistes Miraphora Mina et Eduardo Lima ont dirigé l'équipe chargée de créer les livres. Tous ont appris les techniques de reliure à base de métal et de feuille d'or. Les ouvrages consultés à l'écran ont été fabriqués en deux formats : l'un destiné à être pris en main et un autre pour les gros plans. Chaque livre contient une vingtaine de pages manuscrites ou dactylographiées, reproduites plusieurs fois à la suite.

Au total, 11 000 livres ont été conçus, dont beaucoup sont de simples annuaires recouverts. Certains livres étaient empilés à même le sol ; d'autres, fabriqués en polystyrène (un matériau léger), flottaient entre les rayonnages.

LA GRANDE SALLE

C'est ici que les élèves travaillent, reçoivent leur courrier, prennent leurs repas et font la fête. Le décor de la Grande Salle, probablement le plus emblématique de la saga, a été utilisé pendant la dizaine d'années de tournage.

Flottant au-dessus des tables, des centaines de **bougies magiques** illuminent la pièce. Plusieurs vraies bougies étant tombées pendant le tournage de la scène de la Répartition, elles ont été remplacées par des bougies virtuelles.

La Coupe des Quatre Maisons

Chaque année, la Coupe des Quatre Maisons est attribuée à la maison ayant obtenu le plus de points. Ces points sont distribués par les professeurs et récompensent des comportements méritants tels que la bravoure ou la réussite scolaire. Les sabliers de la Grande Salle permettent de savoir quelle maison est en tête, ou en queue, de la compétition.

LE SAVIEZ-VOUS ?

Le plafond de la Grande Salle est ensorcelé : il reflète le temps qu'il fait à l'extérieur. Dans les films, il n'apparaît qu'une seule fois en plein jour, lorsque Fred et George Weasley perturbent les BUSE avec leurs feux d'artifice. Ce jour-là, le ciel est bleu, parsemé de quelques nuages.

À chaque maison son **fantôme** : la Dame Grise (Serdaigle), le Moine Gras (Poufsouffle), le Baron Sanglant (Serpentard) et Sir Nicholas de Mimsy-Porpington (Gryffondor) vont et viennent dans la pièce en flottant au-dessus des élèves.

Les acteurs ont été incités à graver leur nom sur les tables, comme le feraient de vrais élèves !

La Grande Salle, longue de 37 mètres sur 12 de large, est le plus souvent meublée de quatre tables de 27 mètres de longueur – une par maison.

Un air de fête À Noël, la Grande Salle est décorée de sapins. Dans *Harry Potter à l'école des sorciers*, le professeur Flitwick prépare l'un d'eux en faisant léviter des décorations, peut-être à l'aide du sortilège qu'il enseigne aux élèves de première année : ***Wingardium leviosa***. Pour Halloween, des citrouilles ornent toutes les tables et flottent au-dessus des élèves, telles des bougies.

À LA RECHERCHE DE LA PIERRE PHILOSOPHALE

Dans *Harry Potter à l'école des sorciers*, Harry, Ron et Hermione tentent d'empêcher Voldemort de mettre la main sur un objet précieusement gardé à Poudlard : la Pierre philosophale. Elle permet de fabriquer l'élixir de Longue Vie, qui rend immortel celui qui le boit.

LE SAVIEZ-VOUS ?

Le trio doit d'abord passer devant **Touffu**, le chien à trois têtes qui surveille la trappe menant à la fameuse Pierre. Les têtes, inspirées du Staffordshire bull terrier, ont été conçues à l'ordinateur. Touffu se réveille quand les trois amis tentent de déplacer son énorme patte.

Le trio atterrit ensuite sur un **Filet du Diable**, capable de capturer n'importe quel être vivant en l'asphyxiant de ses lianes. Hermione et Harry parviennent à s'en libérer en se relaxant mais pas Ron. Par chance, Hermione, qui a bien suivi le cours de botanique, se souvient que la plante déteste la lumière. Avec sa baguette magique, elle utilise la formule *Lumos solem :* la lumière puissante ainsi produite libère Ron.

Harry, Ron et Hermione parviennent ensuite dans une pièce fermée à clé. Hermione tente en vain un sortilège de déverrouillage. Entendant un bourdonnement, les trois amis lèvent les yeux : une multitude de **clés volantes** (créées en images de synthèse) se déplacent en cercle comme une nuée d'oiseaux. Au moyen d'un balai qui se trouve là par un heureux hasard, Harry parvient à s'emparer de la bonne clé.

Le dernier obstacle est un échiquier géant : pour le franchir, il faut remporter une **partie d'échecs façon sorcier**. Ron, qui se sait capable de gagner, supervise les déplacements des pièces, juché sur le cheval d'un des cavaliers.

Hermione reste auprès de Ron, blessé dans la partie d'échecs. Harry pénètre seul dans une salle souterraine où il affronte le **professeur Quirrell**, qui partage son corps avec Voldemort. Le visage de Vous-Savez-Qui a été ajouté à l'arrière de la tête de Quirrell en post-production.

Le professeur plonge vers Harry pour s'emparer de la Pierre. L'acteur Ian Hart (Quirrell) a lui-même réalisé la cascade, harnaché à des câbles qui l'ont propulsé vers l'avant.

Quirrell se contemple dans le **Miroir du Riséd**, un miroir magique qui reflète les désirs les plus enfouis, mais la Pierre ne se révèle pas à lui. Quand Harry s'y observe, il découvre la Pierre tant convoitée dans sa poche !

« QUI AURAIT SOUPÇONNÉ LE P-P-PAUVRE ET BÉGAYANT PROFESSEUR QUIRRELL ? »

Professeur Quirrell,
Harry Potter à l'école des sorciers

LA SALLE SUR DEMANDE

La Salle sur Demande, aussi connue comme la Pièce Va-et-Vient, n'apparaît qu'à ceux qui en ont réellement besoin. Ils y trouvent alors tout ce qui leur est nécessaire – à l'exception de la nourriture.

Neville découvre l'entrée de la salle lorsque l'Armée de Dumbledore cherche un endroit discret pour s'entraîner.

Harry et Cho Chang échangent un baiser sous le gui dans *Harry Potter et l'Ordre du Phénix*.

Dans *Harry Potter et l'Ordre du Phénix*, Dolores Ombrage, le professeur de défense contre les forces du Mal, refuse d'enseigner le moindre sort défensif. Hermione crée alors l'Armée de Dumbledore, un groupe d'élèves auxquels Harry apprend des sortilèges avancés pour qu'ils puissent se battre contre Voldemort.

Ginny fait exploser un mannequin à l'effigie d'un Mangemort avec ***Reducto***.

Harry enseigne le sortilège du Patronus (*Expecto Patronum*). Ce sort constitue la meilleure défense contre les Détraqueurs. Ginny fait apparaître un cheval, Ron un jack russell et Luna un lièvre. Les infographistes ont ajouté des traînées de lumière sous les pattes des Patronus lorsque ceux-ci se déplacent dans la salle.

Bombarda Maxima ! Dolores Ombrage fait voler la porte en éclats. Le trucage a consisté à faire exploser l'air comprimé contenu entre deux parois en liège, l'une placée derrière la porte, l'autre derrière les panneaux en faux miroir de la Salle sur Demande.

Harry et Ginny s'embrassent après que la jeune fille a caché dans la pièce le *Manuel avancé de préparation des potions* du Prince de Sang-Mêlé.

« TU VOIS ? ON NE SAIT JAMAIS CE QU'ON VA TROUVER ICI. »

Ginny Weasley, *Harry Potter et le Prince de Sang-Mêlé*

LE SAVIEZ-VOUS ?

Quand Harry vient y chercher le diadème de Serdaigle, la pièce est remplie de tous les meubles et accessoires utilisés dans les films. Des **lutins de Cornouailles** survolent les chaises et les tables empilées.

Dans *Harry Potter et le Prince de Sang-Mêlé*, Drago Malefoy remet en service une **Armoire à Disparaître** pour permettre aux Mangemorts d'infiltrer Poudlard. Le meuble oblong se démarque des centaines d'accessoires qui encombrent la pièce.

Menés par Neville Londubat, les derniers membres de l'Armée de Dumbledore se cachent dans la Salle sur Demande dans *Harry Potter et les Reliques de la Mort, 2de partie*. La pièce est vide à l'exception de quelques meubles et hamacs.

Harry, Ron et Hermione sont poursuivis par l'incontrôlable **Feudeymon** lancé par Gregory Goyle.

LE SAVIEZ-VOUS ?

Harry et Ron enfourchent leurs balais pour sauver Drago et Blaise Zabini, piégés au sommet d'une pile de meubles en flammes. Hermione monte elle aussi sur un balai – pour la première fois à l'écran !

LES SALLES DE CLASSE

Cours de sortilèges

En cours de sortilèges, les élèves apprennent les mouvements de baguette et les incantations qui caractérisent les enchantements. Les cours ont été filmés dans une salle de la Harrow School, une célèbre école anglaise vieille de plusieurs siècles. Hermione parvient tout de suite à faire léviter sa plume. Seamus Finnigan fait exploser la sienne en écorchant la formule ***Wingardium Leviosa***.

Des centaines de tasses ont été empilées sur les tables, et 36 **théières** rangées sur les étagères de la salle de classe.

Cours de divination

Harry découvre la divination, l'art de prédire l'avenir, avec le **professeur Sibylle Trelawney**, dans *Harry Potter et le Prisonnier d'Azkaban*.

En lisant le futur de Harry dans sa tasse de thé (une méthode nommée **tasséomancie**), le professeur Trelawney distingue la forme du Sinistros, un gros chien présage de mort.

Cours de botanique

La botanique, enseignée par le **professeur Pomona Chourave**, est l'étude des plantes magiques.

« BIENVENUE DANS LA SERRE N° 3, LES DEUXIÈME ANNÉE ! »

Professeur Chourave,
Harry Potter et la Chambre des Secrets

Les élèves de deuxième année apprennent à rempoter des **mandragores**, qui hurlent en se tortillant – Drago se fait même mordre le doigt ! 50 mandragores animatroniques ont été créées pour le tournage de la scène.

LE SAVIEZ-VOUS ?
La baguette de Ron étant cassée, son rat **Croûtard** se métamorphose en verre poilu doté d'une queue !

Cours de métamorphose

La métamorphose consiste à changer l'apparence d'un objet ou d'un être vivant. Dans *Harry Potter et la Chambre des Secrets*, le professeur McGonagall utilise le sort *Vera verto* pour métamorphoser un calao en verre à pied.

Cours de potions

On y enseigne la science et l'art des toniques, élixirs et autres antidotes à la **magie noire**. La salle du professeur Rogue a été conçue pour donner l'impression qu'elle se situe dans les profondeurs du château.

Les sorciers capables de se métamorphoser en animal sont des **Animagus**. Minerva McGonagall en fait partie : elle prend la forme d'un chat tigré qui porte autour des yeux la marque des lunettes du professeur.

La salle de Slughorn contient 500 bocaux étiquetés à la main par l'équipe des accessoiristes. On y trouve, pêle-mêle, des cheveux, des racines de gingembre, des os d'animaux, des herbes séchées, de fausses queues de lézard et des animaux en plastique achetés au zoo de Londres.

Dans *Harry Potter et le Prince de Sang-Mêlé*, c'est le professeur Slughorn qui assure le cours de potions. Les arcades de la salle de classe portent les noms anglais et latins d'ingrédients alchimiques.

LES SALLES DU COURS DE DÉFENSE CONTRE LES FORCES DU MAL

Dans ce cours, les élèves apprennent à se protéger et à se défendre contre les sortilèges dangereux, les malédictions mortelles et les créatures menaçantes. Poudlard a du mal à garder ses professeurs de défense contre les forces du Mal plus d'une année : à chaque rentrée, la salle de classe est donc redécorée en fonction du nouvel enseignant.

LE SAVIEZ-VOUS ? La salle de **Gilderoy Lockhart** est décorée avec ses propres livres et des photographies animées de ses « aventures ». Lors de son premier cours il échange un clin d'œil avec un portrait de lui-même… en train de peindre son portrait !

Les cours du professeur Quirell dans *Harry Potter à l'école des sorciers* ont été tournés dans le chauffoir de l'abbaye de Lacock (XIIIe siècle) en Angleterre, une salle aux allures de donjon.

À partir de *Harry Potter et la Chambre des Secrets*, cette salle de classe a été reconstruite dans un décor avec un mur incurvé, supposé être situé sous les toits au sommet d'une tour. De hautes fenêtres inondent de lumière cette pièce meublée de 18 pupitres doubles. Les acteurs grandissant, ces pupitres ont dû être remplacés par de plus grands modèles.

Pour vaincre un **Épouvantard**, qui prend l'apparence de la pire terreur de sa victime, **Remus Lupin** (professeur en troisième année) apprend à ses élèves le sortilège *Riddikulus*. L'incantation permet à Neville d'affubler le professeur Rogue des habits de sa grand-mère et à Ron de jucher une affreuse araignée sur huit patins à roulettes !

Des **lutins de Cornouailles** perturbent le premier cours de Lockhart.

L'œil magique d'Alastor Maugrey – *alias* « Fol Œil », le professeur de défense contre les forces du Mal dans *Harry Potter et la Coupe de Feu* – a inspiré à la décoratrice Stephenie McMillan une pièce ornée d'immenses lentilles de verre et autres équipements optométriques. Maugrey initie ses élèves aux trois Sortilèges Impardonnables, qu'il exerce sur une araignée agrandie avec un sortilège d'Engorgement.

En haut des marches menant au bureau du professeur se dresse une chaire de style gothique. Stuart Craig, le chef décorateur, s'est dit qu'elle permettrait à Gilderoy Lockhart, professeur de défense contre les forces du Mal dans *Harry Potter et la Chambre des Secrets*, de faire une entrée théâtrale.

Dans *Harry Potter et l'Ordre du Phénix*, **Dolores Ombrage** ne voit pas l'intérêt d'enseigner les sortilèges de défense, aussi sa salle de classe reste-t-elle neutre. Le manuel choisi par ses soins flotte jusqu'aux pupitres des élèves.

Le professeur Rogue, qui remplace un jour Lupin, projette sa leçon sur les loups-garous avec une « lanterne magique ».

« LES SORTILÈGES DE DÉFENSE ? JE NE VOIS PAS POURQUOI VOUS AURIEZ BESOIN D'EN UTILISER PENDANT MES COURS. »

Dolores Ombrage,
Harry Potter et l'Ordre du Phénix

LES BUREAUX DES PROFESSEURS

À Poudlard, chaque bureau reflète le tempérament et les passions de son occupant. Si celui du professeur de défense contre les forces du Mal, qui change tous les ans, ne possède pas d'identité, les autres font office de seconde maison pour les enseignants.

Le bureau de Severus Rogue

Dans *Harry Potter et la Chambre des Secrets*, Harry et Ron sont convoqués dans le bureau du maître des potions après leur accident de voiture contre le saule cogneur. La pièce est exiguë et essentiellement remplie de centaines de fioles aux étiquettes manuscrites renfermant des ingrédients magiques.

Le bureau de Gilderoy Lockhart

Alors qu'ils entrent dans le bureau du professeur Lockhart pour lui demander de les accompagner dans la Chambre des Secrets, Harry et Ron le découvrent en train de faire ses bagages pour quitter Poudlard ! Dans ses malles s'entassent ses nombreuses robes et ses photographies de lui-même.

Le bureau d'Horace Slughorn

Quand il revient à Poudlard, dans *Harry Potter et le Prince de Sang-Mêlé*, Horace Slughorn exige un grand bureau confortable. Celui-ci est le décor remanié de la Salle sur Demande, dans lequel ont été installés de grands canapés en cuir marron ainsi qu'une table permettant de recevoir les membres du **« Club de Slug »**.

Slughorn range ses ingrédients dans son propre coffre – une vieille malle tapissée de violet et remplie de flacons étiquetés à la main. Par chance, l'un d'eux contient un bézoard qui permet à Harry de sauver Ron d'un empoisonnement.

Le bureau de Remus Lupin

Quittant Poudlard à la fin de *Harry Potter et le Prisonnier d'Azkaban*, Remus Lupin fait ses bagages... ou plutôt ses bagages se font tout seuls ! Un système de poulies et de moteurs électriques rétracte les livres et les chaussures dans leurs compartiments, referme les tiroirs et range la veste de Lupin dans la vieille malle de voyage.

Lupin rend à Harry la carte du Maraudeur, qui indique l'emplacement de toute personne dans l'école, après l'avoir refermée d'un coup de baguette. Le repliage de la carte résulte d'un trucage mécanique avec de la ficelle.

Le bureau d'Alastor Maugrey

Alastor Maugrey, professeur de défense contre les forces du Mal en quatrième année, a dans son bureau une **Glace à l'Ennemi**. Ce détecteur de magie noire permet de repérer la présence de ses ennemis.

En réalité, durant toute l'année scolaire décrite dans *Harry Potter et la Coupe de Feu*, le **Mangemort Barty Croupton Junior** a emprunté l'apparence d'Alastor Maugrey en buvant du Polynectar, cachant le vrai Maugrey dans son propre bureau, dans une malle. Cette dernière compte 7 compartiments, qui s'ouvrent un par un, du plus grand au plus petit.

Sur les murs s'alignent une quarantaine de petites assiettes décorées de chatons à l'air tantôt espiègle, tantôt sournois. Les animaux ont été filmés dans de minuscules voitures de course, coiffés de chapeaux de sorcière ou encore jouant avec des boules de cristal, puis les images ont été incrustées au centre des assiettes, peintes en vert lors du tournage.

Le bureau de Dolores Ombrage

Le bureau de Dolores Ombrage, professeur de défense contre les forces du Mal dans *Harry Potter et l'Ordre du Phénix*, contraste avec l'austérité de sa salle de classe. Murs roses, tentures roses, tapis rose, meubles roses – tout est rose !

LE BUREAU DU DIRECTEUR

Le bureau d'Albus Dumbledore, le directeur de Poudlard, se situe dans trois tourelles perchées au sommet de la plus haute tour du château. Dans *Harry Potter et la Chambre des Secrets*, Harry prononce le mot de passe et accède au bureau *via* un escalier gardé par une colossale statue de griffon.

Fumseck

Dans le bureau du directeur, Harry fait la connaissance de Fumseck, le phénix de Dumbledore… qui aussitôt s'embrase ! Trois versions animatroniques le représentent à différents stades de sa vie : en adulte, en vieil oiseau sur le point de s'enflammer et lorsqu'il renaît de ses cendres sous forme de poussin.

Aux murs figurent les portraits endormis de 48 anciens directeurs, peints à partir de photographies d'acteurs en costumes d'époque.

Des centaines de livres s'alignent, poussiéreux, sur les étagères – pour beaucoup, des annuaires recouverts. Le **Choixpeau** est rangé en hauteur.

L'**épée de Gryffondor** est fixée au mur derrière le bureau. L'objet a été acheté aux enchères puis personnalisé avec un cabochon rubis au niveau du pommeau.

Les Malice Réglisse sont des bonbons magiques qui mordent celui qui les attrape. Harry en saisit une pleine poignée dans *Harry Potter et la Coupe de Feu*.

Dans *Harry Potter et le Prince de Sang-Mêlé*, Dumbledore montre à Harry un Horcruxe qu'il a détruit : la bague de **Marvolo Gaunt**, le grand-père de Voldemort. Sa forme – deux serpents tenant une pierre dans leurs mâchoires – indique sans équivoque son appartenance à la famille Serpentard.

LE PARC DU CHÂTEAU ET LE LAC

Jouxtant le lac et la Forêt interdite, le parc de Poudlard accueille les leçons de vol sur balai, les matchs de Quidditch – le sport favori des sorciers – et dissimule aussi les tunnels secrets d'accès au château.

Le pont couvert en bois a été rallongé pour *Harry Potter et les Reliques de la Mort, 2de partie*. Neville Londubat et Seamus Finnigan le font exploser pour freiner la progression de l'armée de Mangemorts et de Rafleurs de Voldemort.

Au sud du château miroite une vaste étendue d'eau douce : le **lac de Poudlard**. Chevauché par Harry, Buck l'hippogriffe frôle de ses griffes ses eaux troubles dans *Harry Potter et le Prisonnier d'Azkaban*.

Le Buck qui vole et marche a été conçu en images de synthèse.

Après avoir raté le Poudlard Express dans *Harry Potter et la Chambre des Secrets*, Harry et Ron rejoignent l'école à bord de la Ford volante d'Arthur Weasley… mais, hélas, ils finissent leur course contre le **saule cogneur**, qui attaque la voiture. L'arbre, d'une hauteur de 26 mètres, a été construit en deux parties. Ses branches mécanisées tapissées de latex frappent le véhicule jusqu'à ce qu'il soit éjecté.

Pour *Harry Potter et le Prisonnier d'Azkaban*, le saule cogneur a été rapproché du château – il est ainsi mieux placé pour servir d'entrée au tunnel menant à la **Cabane hurlante**, à Pré-au-Lard. Sa base a été modifiée pour faciliter le passage des élèves et des professeurs. Enfin, des branches virtuelles ont été ajoutées aux branches mécanisées pour le rendre encore plus cogneur !

Le cromlech

Le cromlech consiste en cinq pierres levées disposées en cercle, à l'image du cromlech anglais Stonehenge. Une autre pierre placée en son centre lui donne l'aspect d'un cadran solaire – une des nombreuses références au temps dans *Harry Potter et le Prisonnier d'Azkaban*.

Alors que Drago Malefoy ironise sur l'exécution prochaine de Buck l'hippogriffe, Hermione le fait taire en le frappant. La scène se déroule dans le cercle de pierres.

Un chemin sillonne la colline entre le cromlech et la cabane de Hagrid – laquelle a été enrichie pour *Harry Potter et le Prisonnier d'Azkaban* d'une seconde pièce et d'un potager de citrouilles. Dans *Harry Potter et le Prince de Sang-Mêlé*, le cercle de pierres a été déplacé de l'autre côté de la cabane, et le terrain de Quidditch rapproché du pont couvert.

Dans *Harry Potter et la Coupe de Feu*, les **élèves de Durmstrang** arrivent à Poudlard à bord d'un bateau qui surgit des profondeurs du lac.

Le **terrain de Quidditch** était trop grand pour être construit en studio ou dans la campagne écossaise. Le décor a donc été presque entièrement créé en images de synthèse.

Les cours de vol de **Madame Bibine** dans *Harry Potter à l'école des sorciers* ont été filmés dans le parc du château d'Alnwick, en Angleterre.

LA CABANE ET L'ENCLOS DE HAGRID

Gardien des Clés et des Lieux de Poudlard, **Rubeus Hagrid** vit en lisière de la Forêt interdite. C'est un demi-géant : sa personnalité et son cœur n'ont d'égale que sa taille.

LE SAVIEZ-VOUS ?

Pour son premier cours de soins aux créatures magiques, Hagrid fait appel à **Buck**, un hippogriffe, qui vit dans l'enclos adjacent à sa cabane. Invité à s'avancer par son maître, Buck... fait caca !

Hagrid a pour compagnon un gros chien noir prénommé **Crockdur**. Crockdur a été interprété par plusieurs mâtins napolitains, une race profondément affectueuse... et terriblement baveuse !

Pour *Harry Potter et le Prisonnier d'Azkaban*, la cabane a été construite en Écosse, dans la région des Highlands, et dotée d'une seconde pièce ainsi que d'un potager de citrouilles. Le décor a ensuite été démonté puis recréé en studio, et le paysage reconstitué à l'ordinateur.

Dans *Harry Potter à l'école des sorciers,* Hagrid fait éclore un œuf de dragon qu'il conserve bien au chaud dans un chaudron placé dans la cheminée. Le bébé dragon est un Norvégien à crête que le demi-géant baptise **Norbert**.

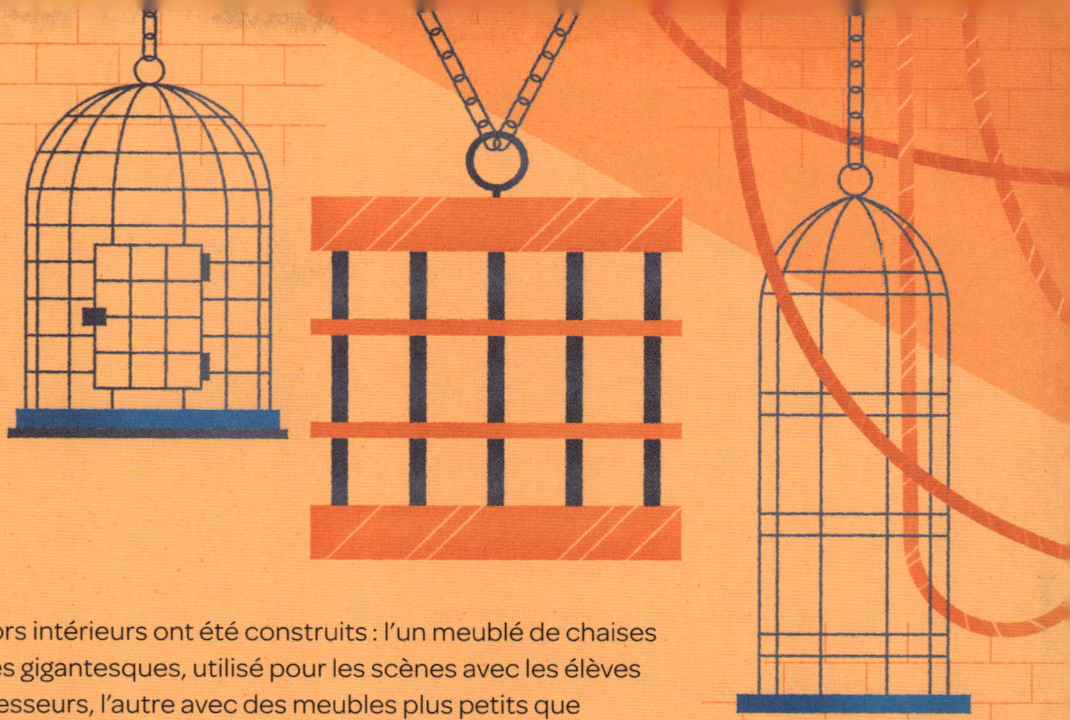

Deux décors intérieurs ont été construits : l'un meublé de chaises et de tables gigantesques, utilisé pour les scènes avec les élèves et les professeurs, l'autre avec des meubles plus petits que la normale, quand Hagrid est seul. Tous les accessoires ont eux aussi été déclinés en taille « XXL » et « mini ».

Dans *Harry Potter et la Chambre des Secrets*, après qu'un sort se soit retourné contre lui, Ron est amené par Harry et Hermione chez Hagrid, où il crache des limaces dans un seau. Il s'agissait de fausses limaces en plastique, parfumées au chocolat, à la menthe, au citron et à l'orange.

Pour faire paraître Hagrid immense en comparaison des jeunes sorciers, les cinéastes ont utilisé la technique de la « perspective forcée ». Pour créer cette illusion d'optique et truquer l'échelle de l'image, ils ont par exemple assis Hagrid sur une grande chaise au premier plan et les élèves sur des chaises plus petites en arrière-plan.

« NE VOUS AVISEZ JAMAIS D'INSULTER UN HIPPOGRIFFE. ÇA RISQUERAIT D'ÊTRE LA DERNIÈRE CHOSE QUE VOUS FERIEZ. »

Rubeus Hagrid, *Harry Potter et le Prisonnier d'Azkaban*

Le Buck installé dans le potager de Hagrid est un automate en position assise, capable de bouger les ailes, le cou, les yeux, la langue et le bec.

LA FORÊT INTERDITE

Une forêt sombre et épaisse jouxte le château de Poudlard. Dans *Harry Potter à l'école des sorciers*, Dumbledore interdit aux élèves de première année d'y pénétrer. À raison : la plupart des créatures qui y résident sont particulièrement dangereuses.

Lors du premier film, la forêt a été filmée en décor naturel avant d'être recréée en studio pour les suivants. Pour la « fabriquer », de faux troncs d'arbres ont d'abord été suspendus au-dessus du plateau. Leurs racines, sculptées, ont ensuite été disposées au sol et reliées aux troncs.

Dans *Harry Potter à l'école des sorciers*, Harry, Ron, Hermione et Drago sont envoyés en retenue dans la forêt, accompagnés de Hagrid et du peureux **Crockdur**. Le sol de la forêt a été recouvert de mousse pour protéger les pattes du chien.

Harry et Drago y font la connaissance du centaure **Firenze**.

Stuart Craig, le chef décorateur, a voulu rendre la forêt plus vaste, plus effrayante et plus mystérieuse à mesure qu'on s'y enfonce. Au fil des films, les arbres ont grandi, perchés sur d'énormes racines pareilles à des doigts, comme dans une mangrove. Par ailleurs, les effets fumigènes utilisés pour plonger le décor dans un brouillard épais ont été renforcés dans les derniers films.

Pour *Harry Potter et le Prisonnier d'Azkaban*, la forêt a été recréée avec un véritable lac gelé au bord duquel Harry et Sirius rencontrent des Détraqueurs. Les acteurs ont tourné leur scène face à des marionnettes vêtues de noir – les Détraqueurs ont été ajoutés en post-production.

Dans *Harry Potter et la Chambre des Secrets*, Harry et Ron s'aventurent au plus profond de la forêt où vivent une colonie d'Acromantules et leur roi, **Aragog**. Construite par l'atelier des créatures, l'araignée de 5,5 mètres d'envergure pèse une tonne et a été recouverte de poils de yack, de sisal et de fibres de chanvre.

Hagrid cache dans la forêt son demi-frère, le géant **Graup** pour le protéger. Graup semble avoir un faible pour Hermione...

Du lichen et de la mousse factices, fabriqués à partir de sciure colorée, ont été collés aux arbres, côté nord bien sûr !

Dans *Harry Potter et l'Ordre du Phénix*, Harry, Ron, Hermione et Dolores Ombrage se trouvent nez à nez avec un troupeau de centaures peu amènes.

Pour *Harry Potter et l'Ordre du Phénix*, l'atelier des créatures a conçu un **Sombral** à taille réelle aux ailes pleinement déployées, afin de vérifier que la portion de décor qui lui était destinée était assez grande pour abriter la mystérieuse créature.

Dans *Harry Potter et les Reliques de la Mort, 2de partie*, Harry affronte son destin en se battant contre Voldemort, qui lui inflige le sortilège de la Mort.

LE SAVIEZ-VOUS ?

Les mouvements du Sombral quand il se penche pour prendre (ou refuser) une friandise sont inspirés de ceux de la girafe.

LE TOURNOI DES TROIS SORCIERS : 1RE ET 3E TÂCHES

Pour connaître leur adversaire, les champions plongent la main dans un sac rempli de dragons miniatures.

Dans *Harry Potter et la Coupe de Feu*, Poudlard accueille le Tournoi des Trois Sorciers. Cette compétition vieille de plusieurs siècles oppose les trois écoles de magie les plus anciennes. Le collège de Poudlard, l'académie de Beauxbâtons et l'institut Durmstrang s'affrontent donc pour remporter le trophée.

Viktor Krum (Durmstrang) et **Fleur Delacour** (Beauxbâtons) représentent chacun leur école. Seul Poudlard se voit désigner deux champions : Cedric Diggory (Poufsouffle) et Harry Potter (Gryffondor).

La veille de la première tâche, Hagrid emmène Harry voir les dragons en cage. La tête du Magyar à pointes est une sculpture à taille réelle en fibre de verre recouverte de Nomex, un matériau ininflammable. Les flammes de 9 mètres crachées par le monstre proviennent d'un lance-flamme.

Pris en chasse par le dragon, Harry chute de son balai et atterrit sur une tourelle du château. Pour cette cascade, Daniel Radcliffe, harnaché à un câble, a descendu en flèche une hauteur de 12 mètres !

Le Tournoi impose de réussir trois tâches. La première consiste à récupérer un **œuf d'or** gardé par un dragon. Contrairement à la configuration des matchs de Quidditch, l'arène – une sorte de carrière jonchée de rochers – est en contrebas des spectateurs ; la disposition des gradins rappelle celle des corridas. Chaque œuf renferme un indice pour la deuxième tâche.

Fleur Delacour tire le **Vert gallois**. Les costumes de la première tâche, cousus dans un matériau synthétique, répondaient à la même exigence de solidité que les tenues de Quidditch. Les protections de Fleur évoquent celles d'un escrimeur.

Viktor Krum hérite du **Boutefeu chinois**. Son corps évoque celui d'un lézard ; les silhouettes des dragons diffèrent selon leur région d'origine.

Cedric Diggory obtient le **Suédois à museau court**. Ce dragon doit son nom à la forme de son museau et ses reflets dorés mettent en valeur les couleurs de Poufsouffle !

Harry affrontera donc le **Magyar à pointes**, sur le cou et la queue duquel se dressent des épines acérées. Les mouvements d'ailes de ce terrible dragon s'inspirent de ceux des oiseaux de proie (aigles, faucons).

La troisième tâche consiste à s'aventurer dans un labyrinthe jalonné d'obstacles magiques pour s'emparer en premier du trophée du tournoi placé en son centre. Les haies du labyrinthe, plongées dans la brume par un nuage de glace carbonique, mesurent 8 mètres de hauteur.

Les haies du labyrinthe sont enchantées : elles ondulent, s'écartent ou se rapprochent. Cet effet spécial a été obtenu grâce à un mécanisme hydraulique.

Le **Trophée des Trois Sorciers**, orné de trois dragons, a été décliné en divers matériaux selon les besoins de chaque scène. Certains modèles étaient en métal, d'autres en résine, et le trophée converti en **Portoloin** qui entraîne Harry et Cedric Diggory vers Voldemort était en caoutchouc.

LE TOURNOI DES TROIS SORCIERS : 2E TÂCHE

Pour la deuxième tâche du Tournoi, les champions doivent retrouver un être cher qui leur a été volé… et qui est retenu dans les profondeurs du lac de Poudlard. Cedric doit ramener à la surface Cho Chang, Krum, Hermione, Fleur, sa petite sœur Gabrielle et Harry, Ron.

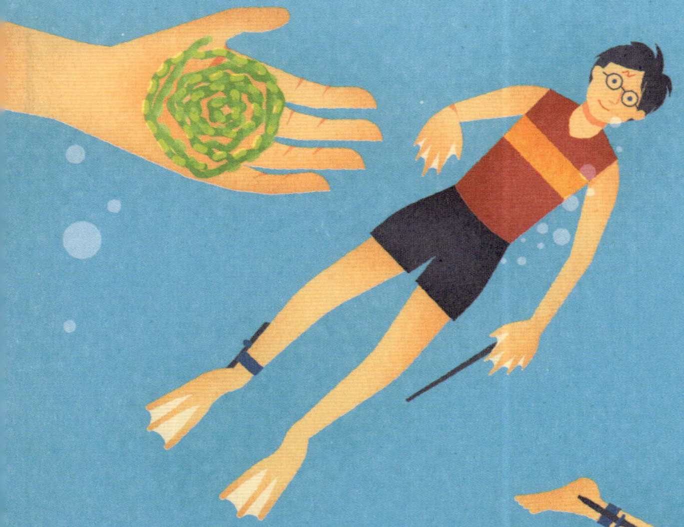

Dans cette épreuve minutée, chaque concurrent opte pour une tactique différente. Harry ingère de la **Branchiflore** qui lui donne des mains palmées, des nageoires et des branchies. Étonnamment, ce sont les mains qui ont posé le plus de difficultés à l'équipe des effets spéciaux jusqu'à ce qu'elle découvre que, sous l'eau, un collant couleur chair enfilé autour des mains leur donnait un aspect palmé.

Les scènes du lac ont été filmées trois semaines durant dans un grand bassin tapissé de vert. Les personnages ligotés dans les profondeurs sont des mannequins réalisés à partir d'un moulage des acteurs. Des pompes dissimulées dans les caissons de flottaison laissaient échapper de petites bulles, créant l'illusion que les personnages respirent à l'écran.

Cedric Diggory évolue dans l'eau à l'aide du **sortilège de Têtenbulle** et parvient à sauver Cho Chang.

Des **Strangulots** – des démons aux airs de pieuvre et aux dents acérées – tentent d'attirer Harry vers le fond du lac. Le jeune sorcier parvient à leur échapper à l'aide du sortilège *Ascendio*.

Partiellement métamorphosé en requin, Viktor Krum coupe de ses dents pointues la corde qui retient Hermione.

LE SAVIEZ-VOUS ?

Les spectateurs observent l'épreuve depuis de hautes tours dressées au milieu du lac. Pour les créer, l'équipe du film s'est inspirée des jetées victoriennes. Un périscope, relié à des tuyaux débouchant sur l'une des plateformes, permet de suivre l'évolution des champions sous l'eau.

En s'enfonçant dans le lac, Harry croise plusieurs **êtres de l'eau**. Au lieu de leur donner l'apparence traditionnelle des sirènes, les *concept artists* chargés des recherches personnages ont choisi de mélanger les traits humains avec ceux d'un poisson, notamment au niveau des yeux et de la bouche. Leur corps a été recouvert d'écailles et leur chevelure évolue comme les tentacules d'une méduse.

Comprenant que Fleur n'arrivera pas à temps pour libérer sa sœur Gabrielle, Harry sauve la jeune fille en même temps que son ami Ron.

LA CHAMBRE DES SECRETS

Salazar Serpentard, le fondateur de la maison Serpentard, a créé la Chambre des Secrets dans les profondeurs du château pour y cacher le Basilic, un dangereux reptile qui tue quiconque croise son regard. La Chambre est rouverte dans *Harry Potter et la Chambre des Secrets*. Son entrée est dissimulée dans les toilettes des filles.

Harry ouvre la Chambre des Secrets en parlant **Fourchelang**, la langue des serpents. La porte, conçue par l'équipe des effets spéciaux, est une pure merveille mécanique : un serpent glisse le long d'un rail tandis que sept autres rétractent successivement leur tête – un effet magique obtenu grâce à un moteur électrique dissimulé derrière la porte.

Harry détruit le **journal de Tom Jedusor** avec un crochet de Basilic. Le journal transpercé crache un fluide noir provenant d'un tube caché à l'intérieur.

Harry est sauvé du poison mortel du Basilic par les vraies larmes d'un **Fumseck** animatronique.

Fumseck, le phénix de Dumbledore, vient en aide à Harry en lui apportant le Choixpeau. Le jeune sorcier en extrait l'**épée de Gryffondor**.

Les rangées de têtes de serpent et l'immense visage de Salazar Serpentard d'où surgit le Basilic ont été sculptés dans de la mousse.

C'est Ginny, possédée par le journal de Tom Jedusor, qui a rouvert la Chambre des Secrets. Tom Jedusor, qui n'est autre que Lord Voldemort, a fait de son journal un **Horcruxe**, c'est-à-dire un objet dans lequel il a enfermé une partie de son âme pour devenir immortel.

LE TERRAIN DE QUIDDITCH

À Poudlard, un tournoi acharné oppose chaque année les équipes de Quidditch des quatre maisons. L'objectif de ce sport très populaire chez les sorciers est d'envoyer le **Souaffle** dans l'un des trois anneaux adverses. Une équipe se compose de sept joueurs : trois poursuiveurs, deux batteurs, un gardien et un attrapeur.

Les **poursuiveurs** gagnent 10 points chaque fois qu'ils réussissent à marquer. Dans *Harry Potter et le Prince de Sang-Mêlé*, Ginny devient poursuiveur dans l'équipe de Gryffondor. Autre nouveauté, les joueurs arborent un numéro sur leur tenue : 2 pour les poursuiveurs, 7 pour les attrapeurs.

Dans *Harry Potter à l'école des sorciers*, Harry devient le plus jeune **attrapeur** de Poudlard. L'attrapeur qui s'empare du **Vif d'or** fait gagner 150 points à son équipe, ce qui signe la fin de la partie. Les sillons de la minuscule balle renferment de fines ailes en forme de petites voiles.

Ron Weasley devient **gardien** en sixième année. Pour le déstabiliser et le faire paraître maladroit pendant les sélections, les techniciens ont catapulté vers Rupert Grint 20 Souaffles en même temps. Résultat, à l'écran, Ron semble perdu et dépassé !

Équipés de petites battes, les **batteurs** renvoient les lourds **Cognards** vers leurs adversaires. Les joueurs portent des tenues renforcées au niveau des bras et des épaules ainsi que des jambières de cuir rembourrées. Dans *Harry Potter et le Prince de Sang-Mêlé*, les matchs devenant plus violents, des casques ont été ajoutés.

Touché par un Cognard dans *Harry Potter et la Chambre des Secrets*, Harry s'écrase au sol et se casse le bras. Gilderoy Lockhart tente de le soigner avec ***Brackium emendo***, mais il ne parvient qu'à faire disparaître les os du bras !

Dans *Harry Potter et le Prisonnier d'Azkaban*, les joueurs s'affrontent sous une pluie torrentielle, les obligeant à porter des lunettes de protection et des tenues imperméables. Lors de ce match, les Détraqueurs chargés de surveiller Poudlard encerclent Harry, qui perd connaissance et tombe de son balai.

LE SAVIEZ-VOUS ?

Le Quidditch se jouant dans les airs, les tribunes des spectateurs sont placées au sommet de tours en bois drapées des bannières et des blasons de chaque maison. Frôlées à la vitesse de l'éclair, ces tours permettent aussi aux joueurs de démontrer leur rapidité !

Dans *Harry Potter et l'Ordre du Phénix*, Luna Lovegood affiche son soutien à ses amis de Gryffondor en arborant un chapeau en forme de lion.

Dans *Harry Potter à l'école des sorciers*, le professeur Quirrell ensorcelle le **Nimbus 2000** de Harry au cours d'un match. Hermione sauve son ami grâce au sortilège *Lacarnum Inflamarae*. En voulant saisir le Vif d'or, Harry tombe de son balai… et gobe la balle !

PRÉ-AU-LARD

Pré-au-Lard est le seul village de Grande-Bretagne exclusivement peuplé de sorciers. Malgré le froid et la neige, les pubs et les magasins sont chaleureux et accueillants.

À l'extrémité du village se dresse la maison la plus hantée du pays, la **Cabane hurlante**. C'est ici que Remus Lupin se transformait en toute sécurité en loup-garou quand il était élève à Poudlard. Le décor de la cabane a été monté sur une structure d'acier oscillant d'avant en arrière : le bruit était tel que les acteurs peinaient à s'entendre !

Les maisons de Pré-au-Lard sont en granit, comme le château de Poudlard. La plupart des échoppes présentent des pignons à gradins.

La gare de Pré-au-Lard marque le terminus du Poudlard Express. Le train magique est de couleur marron.

Dans *Harry Potter et l'Ordre du Phénix*, les élèves de cinquième année montent dans des attelages tirés par des Sombrals – plus précisément par leur queue. C'est à cette occasion que Harry, Ron et Hermione rencontrent Luna Lovegood.

Le pub des **Trois Balais** est tenu par Madame Rosmerta. Sur le coin de rue opposé se trouve la poste de Pré-au-Lard, spécialement créée pour les films.

Dans *Harry Potter et le Prisonnier d'Azkaban*, Harry n'ayant pas l'autorisation de se rendre à Pré-au-Lard, Ron lui ramène un **Scrutoscope** (un détecteur de magie noire) acheté chez Derviche et Bang. Dans la grand-rue du village se trouvent également la boutique Zonko et le magasin de plumes Scribenpenne.